세상에서 제일 힘센 수탉

글 이호백 / 그림 이억배

재미마주

세상에서 제일 힘센 수탉

아주 힘센 수평아리 한 마리가 태어났다. 어느덧 수평아리는 늠름하게 자라서 세상에서 제일 힘센 수탉이 되었다.
세월이 흘러 어느날, 수탉은 예전처럼 자신의 힘이 세지 않다는 것을 알고 슬픔에 빠진다.
그때, 수탉의 부인이 다가와 건강하게 자라는 손자, 손녀들, 힘이 센 아들들, 알을 많이 낳는 딸들을 보여주면서
여전히 그가 세상에서 제일 힘센 수탉임을 일깨워 준다.

세상에서 제일 힘센 수탉
초판1쇄 1997년 1월 25일
재판6쇄 2000년 3월 30일
글쓴이 이호백
그린이 이억배
펴낸이 이호백
편집 김현진, 윤여림
디자인 최남주
영업 · 홍보 조광현
펴낸곳 도서출판 재미마주
　　　　서울시 마포구 서교동 466-15호 인풍빌딩 4층 (우)121-210
　　　　전화 (02)338-7953, 338-8054 / 팩스 (02)338-7954
　　　　등록번호 제10-1051호 / 등록일자 1994년 10월 20일
　　　　홈페이지 www.jaimimage.com E-Mail jaim@jaimimage.com
ISBN 89-86565-04-8 77810

· 값은 표지 뒷면에 표기되어 있습니다.

세상에서 제일 힘센 수탉

어느 화창한 봄날, 병아리 한 마리가 태어났어.
아주 튼튼해 보이는 수평아리였지.

이 수평아리는 보기만큼이나 씩씩했어.
달리기도, 높이뛰기도 이 병아리를 따를 병아리가 없었단다.

곧 동네에서 제일 힘센 병아리가 되었어.

하루가 다르게 이 병아리는 늠름한 수탉으로 자라났어.

새벽마다 힘차게 우는 수탉의 울음 소리가 온동네에 울려퍼졌지.

힘자랑 대회에서 이 수탉을 이긴 닭은 하나도 없었단다.
수탉은 이제 이 동네에서 제일 힘센 수탉이 되었어.
아니지, 세상에서 제일 힘센 닭이 된 거야.

동네의 다른 수탉들은 세상에서 제일 힘센 수탉을
몹시 부러워했지.
젊은 암탉들도 그 수탉을 졸졸 따라다녔단다.

그러던 어느날,
세상에서 제일 힘센 수탉보다
더 힘이 센 수탉이 동네에 나타났어.

그 뒤, 이 수탉은 동네에서
제일 술을 잘 마시는 수탉이 되었어.

술에 취하면, 자신이 젊었을 때 얼마나 힘이 세고 멋있었는지
큰 소리로 떠들어대곤 했지.

또 세월이 흘렀어.
수탉은 자신이 점점 늙어가고 있는 것을 느꼈단다.
울음 소리도 예전처럼 우렁차게 나오지 않았어.
고기를 씹어도 잘 씹히지 않았고, 술도 많이 마실 수가 없었지.

수탉이 절망에 빠져 있을 때, 수탉의
아내가 조용히 다가와 이렇게 말했단다.
　"여보, 힘내세요. 당신은 아직도 세상에서 제일
힘센 수탉이에요. 이리 좀 와 보세요."

"보세요. 당신 손자, 손녀 들이 얼마나 씩씩하고
건강하게 자라는지……."

"당신 아들들은 또 얼마나 힘이 센데요.
물론 당신 한창 때보다야 못하지만요."

"당신 딸들은 이 동네 암탉들 중에서 제일 알을
많이 낳는다고요. 물론 나보다야 못하지만요!
당신은 옛날이나 지금이나 세상에서 제일 힘세고
행복한 수탉이에요."

얼마 후, 수탉은 환갑을 맞았어.
수탉이 태어났을 때처럼 화창한 봄날이었지.
수탉의 아들, 딸, 손자, 손녀 들이 모두 모여
잔치를 열었단다.

"할아버지, 할머니. 오래오래 사세요."

수탉은 세상에서 제일 멋진 꼬리 깃털을 활짝 폈어.